JULIA MYOTTE

Carnet de lecture

ÉDITION COLLECTOR LIMITÉE

LAROUSSE

CE CARNET APPARTIENT À :

....

Quelques mots pour commencer

Moi, c'est Julia, j'ai 23 ans et je suis passionnée de lecture ! J'ai toujours adoré écrire mes avis sur les romans que je lis et, depuis quelques années, je les partage sur mes réseaux sociaux. C'est une façon pour moi de garder une trace de tout ce que mes lectures m'ont fait ressentir.

À travers ce carnet, j'espère que vous trouverez le moyen de poser des mots sur vos lectures et que, lorsque vous le rouvrirez dans quelques années, vous vous souviendrez des sentiments et émotions que ces lectures vous ont procurés, ainsi que de toutes les découvertes que vous avez faites au fil des mois.

C'est toujours avec beaucoup de nostalgie que je relis certains de mes avis et que je me remémore mes livres préférés d'une année à l'autre.

J'espère que ce sera également le cas pour vous.

Julia

MA
pile à lire

TITRE ET AUTEUR.RICE	LU
	☐
	☐
	☐
	☐
	☐
	☐
	☐
	☐
	☐
	☐
	☐
	☐
	☐
	☐
	☐
	☐

MA *pile à lire*

TITRE ET AUTEUR.RICE	LU
	☐
	☐
	☐
	☐
	☐
	☐
	☐
	☐
	☐
	☐
	☐
	☐
	☐
	☐
	☐
	☐

MA *wishlist*

TITRE ET AUTEUR.RICE	ACHETÉ
	☐
	☐
	☐
	☐
	☐
	☐
	☐
	☐
	☐
	☐
	☐
	☐
	☐
	☐
	☐

MA *wishlist*

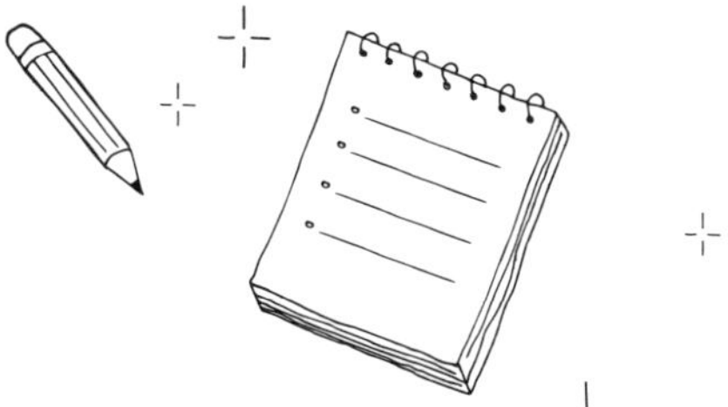

TITRE ET AUTEUR.RICE	ACHETÉ
	☐
	☐
	☐
	☐
	☐
	☐
	☐
	☐
	☐
	☐
	☐
	☐
	☐
	☐
	☐

LES PROCHAINES SORTIES

JANVIER

..../.....
..../.....
..../.....
..../.....
..../.....
..../.....
..../.....
..../.....

FÉVRIER

..../.....
..../.....
..../.....
..../.....
..../.....
..../.....
..../.....
..../.....

MARS

..../.....
..../.....
..../.....
..../.....
..../.....
..../.....
..../.....
..../.....

AVRIL

..../.....
..../.....
..../.....
..../.....
..../.....
..../.....
..../.....
..../.....

LES PROCHAINES SORTIES

MAI

..../.....
..../.....
..../.....
..../.....
..../.....
..../.....
..../.....
..../.....

JUIN

..../.....
..../.....
..../.....
..../.....
..../.....
..../.....
..../.....
..../.....

JUILLET

..../.....
..../.....
..../.....
..../.....
..../.....
..../.....
..../.....
..../.....

AOÛT

..../.....
..../.....
..../.....
..../.....
..../.....
..../.....
..../.....
..../.....

LES PROCHAINES SORTIES

SEPTEMBRE

.... / .....
.... / .....
.... / .....
.... / .....
.... / .....
.... / .....
.... / .....
.... / .....

OCTOBRE

.... / .....
.... / .....
.... / .....
.... / .....
.... / .....
.... / .....
.... / .....
.... / .....

NOVEMBRE

.... / .....
.... / .....
.... / .....
.... / .....
.... / .....
.... / .....
.... / .....
.... / .....

DÉCEMBRE

.... / .....
.... / .....
.... / .....
.... / .....
.... / .....
.... / .....
.... / .....
.... / .....

NOMBRE DE LIVRES LUS

LE NOMBRE DE LIVRES *lus chaque mois*

Un, deux ou dix livres lus par mois ?
Découvre ton année livresque en un coup d'œil !

+ 16												
15												
14												
13												
12												
11												
10												
9												
8												
7												
6												
5												
4												
3												
2												
1												
	J	F	M	A	M	J	J	A	S	O	N	D

MOIS

LE NOMBRE DE PAGES *lues chaque jour*

Challenge-toi au fil des mois grâce à ce tracker de lecture !

À partir de la légende ci-dessous, colorie chaque jour le nombre de pages lues et prends conscience de ton rythme de lecture tout au long de l'année.

NOMBRE DE PAGES LUES	
	0-10
☒	11-50
■	+50

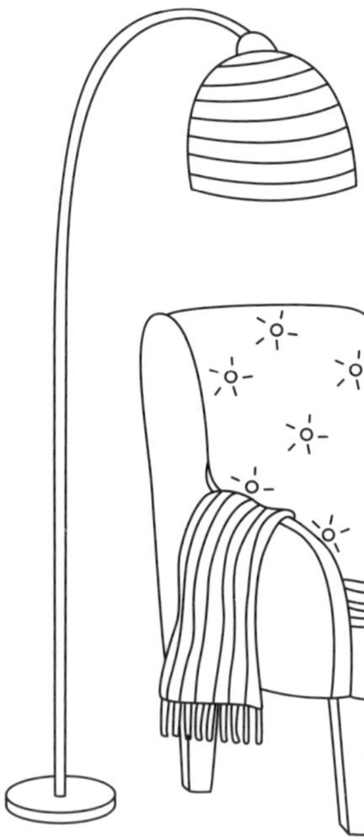

JOUR

31												
30												
29												
28												
27												
26												
25												
24												
23												
22												
21												
20												
19												
18												
17												
16												
15												
14												
13												
12												
11												
10												
9												
8												
7												
6												
5												
4												
3												
2												
1												
	J	F	M	A	M	J	J	A	S	O	N	D

MOIS

COLORIE UN DE CES LIVRES
dès que tu en as terminé un !

Ma meilleure lecture
DE CHAQUE MOIS

JANVIER

FÉVRIER

MARS

AVRIL

MAI

JUIN

Ma meilleure lecture
DE CHAQUE MOIS

JUILLET

AOÛT

SEPTEMBRE

OCTOBRE

NOVEMBRE

DÉCEMBRE

5 LIVRES

que je sauverais d'un incendie

1. ....

....

2. ....

....

3. ....

....

4. ....

....

5. ....

....

5 LIVRES

que j'emporterais sur une île déserte

1. ....

....

2. ....

....

3. ....

....

4. ....

....

5. ....

....

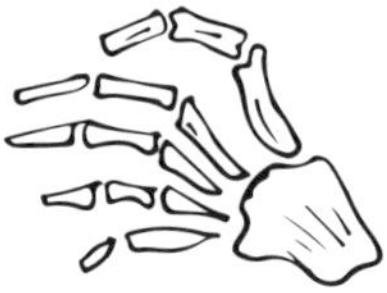

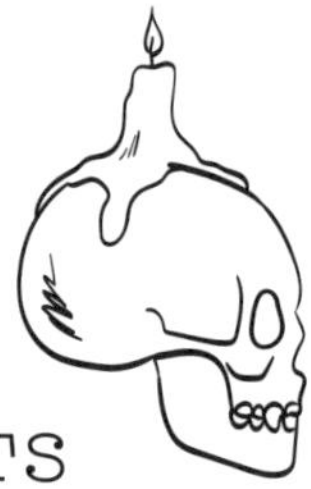

5 LIVRES TERRIFIANTS
pour Halloween

1. ……………………………………………………………………

……………………………………………………………………

2. ……………………………………………………………………

……………………………………………………………………

3. ……………………………………………………………………

……………………………………………………………………

4. ……………………………………………………………………

……………………………………………………………………

5. ……………………………………………………………………

……………………………………………………………………

5 LIVRES
à lire sous un plaid à Noël

1. ....

....

2. ....

....

3. ....

....

4. ....

....

5. ....

....

5 LIVRES
pour une St Valentin réussie

1. ....

....

2. ....

....

3. ....

....

4. ....

....

5. ....

....

Bingo

Colorie un livre dès que tu as réussi le challenge indiqué.
Quand une ligne, une colonne ou une diagonale est complétée, c'est BINGO !

UN LIVRE DE PLUS DE 500 PAGES	UN LIVRE EN ANGLAIS	UN LIVRE AVEC UNE FLEUR SUR LA COUVERTURE	RELIRE UN DE MES LIVRES PRÉFÉRÉS
ALLER À UN SALON DU LIVRE	UN LIVRE QUI COMMENCE PAR LA LETTRE T	UN LIVRE ÉCRIT PAR DEUX AUTEUR.RICE.S	UN LIVRE AVEC UN CHIFFRE DANS LE TITRE
UN LIVRE AVEC UNE COUVERTURE BLEUE	UN LIVRE AUDIO	UN LIVRE QUI A ÉTÉ ADAPTÉ À L'ÉCRAN	TESTER UN NOUVEAU GENRE LITTÉRAIRE
UN LIVRE AVEC UN TITRE DE 3 MOTS	UN LIVRE QUI SE PASSE EN EUROPE	UN LIVRE D'UN.E AUTEUR.E FRANÇAIS.E	UN LIVRE RECOMMANDÉ PAR UN.E AMI.E

Rainbow challenge

Mets de la couleur dans ta bibliothèque et plonge dans la lecture d'un livre avec une couverture rouge, orange, jaune, verte, bleue, et une autre violette.

Objectif : créer un arc-en ciel de livres !

BOOK *Awards*

LE PLUS DRÔLE

LA PLUS BELLE COUVERTURE

LE PLUS SPICY

L'INOUBLIABLE

LE PLUS TRISTE

LA MEILLEURE SAGA

LE PLUS DÉCEVANT

LA MEILLEURE ROMANCE

ABC

Challenge

PAR TITRE DE LIVRE

Nouveau challenge : réussiras-tu à lire un livre dont le titre commence par chacune des lettres de l'alphabet ?

A ....

B ....

C ....

D ....

E ....

F ....

G ....

H ....

I ....

J ....

K ....

L ....

M ....

N ....

O ....

P ....

Q ....

R ....

S ....

T ....

U ....

V ....

W ....

X ....

Y ....

Z ....

ABC

Challenge

PAR NOM D'AUTEUR·RICE

On recommence, avec le nom d'auteur.rice cette fois !

A .... N ....

B .... O ....

C .... P ....

D .... Q ....

E .... R ....

F .... S ....

G .... T ....

H .... U ....

I .... V ....

J .... W ....

K .... X ....

L .... Y ....

M .... Z ....

MÉTÉO
des émotions

MA SÉLECTION EN CAS DE COUP DE BLUES

LES INCONTOURNABLES QUI ME DONNENT LA PÊCHE !

MÉTÉO
des émotions

LE TOP DES LIVRES QUI M'APAISENT

MA PILE DE LIVRES ENGAGÉS

10 LIVRES À LIRE
au printemps

1 ....

2 ....

3 ....

4 ....

5 ....

6 ....

7 ....

8 ....

9 ....

10 ....

10 LIVRES À LIRE *en été*

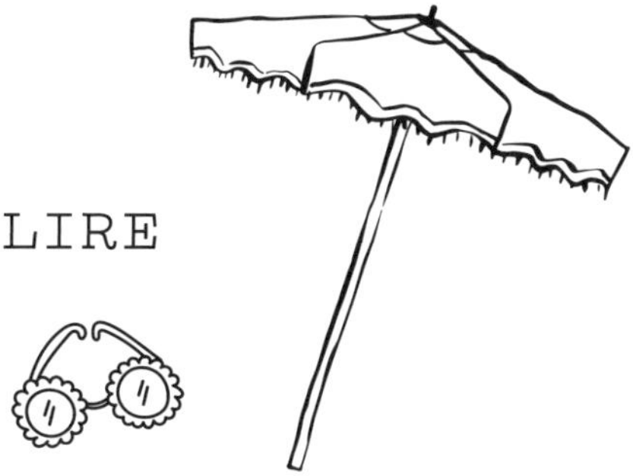

1 ....

2 ....

3 ....

4 ....

5 ....

6 ....

7 ....

8 ....

9 ....

10 ....

10 LIVRES À LIRE *en automne*

1 ....

2 ....

3 ....

4 ....

5 ....

6 ....

7 ....

8 ....

9 ....

10 ....

10 LIVRES À LIRE *en hiver*

1 ....

2 ....

3 ....

4 ....

5 ....

6 ....

7 ....

8 ....

9 ....

10 ....

LE TOP TROPES *trophee*

ENEMIES TO LOVERS

2 1 3

FRIENDS TO LOVERS

2 1 3

FAKE DATING

2 1 3

AMOUR INTERDIT

2 1 3

Fan de romance ? Décerne tes médailles de bronze, argent et or à tes livres préférés, en fonction de leur trope !

LE CIMETIÈRE *des déceptions*

Note ici tous les livres que tu n'as pas aimés !

Titre : ....

Auteur.rice : ....

Raison : ....

Titre : ....

Auteur.rice : ....

Raison : ....

Titre : ....

Auteur.rice : ....

Raison : ....

Titre : ....

Auteur.rice : ....

Raison : ....

Titre : ....

Auteur.rice : ....

Raison : ....

Titre : ....

Auteur.rice : ....

Raison : ....

Titre : ....

Auteur.rice : ....

Raison : ....

Titre : ....

Auteur.rice : ....

Raison : ....

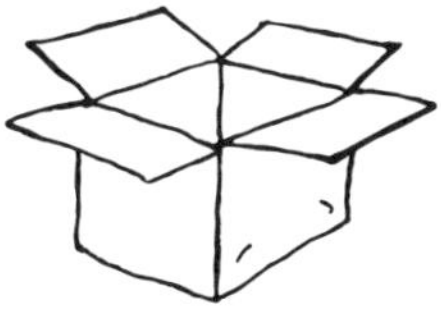

LE GRENIER
des lectures abandonnées

Abandonner une lecture, c'est OK ! Fais le bilan.

Titre : ....

Auteur.rice : ....

Raison : ....

Titre : ....

Auteur.rice : ....

Raison : ....

Titre : ....

Auteur.rice : ....

Raison : ....

Titre : ....

Auteur.rice : ....

Raison : ....

Titre : ....

Auteur.rice : ....

Raison : ....

Titre : ....

Auteur.rice : ....

Raison : ....

Titre : ....

Auteur.rice : ....

Raison : ....

Titre : ....

Auteur.rice : ....

Raison : ....

MES CITATIONS *préférées*

Titre : ....

Page : ....

“

....

....

....

....

.... ”

Titre : ....

Page : ....

“

....

....

....

....

.... ”

Titre :

Page :

Titre :

Page :

Titre : ....

Page : ....

....

....

....

....

....

....

Titre : ....

Page : ....

....

....

....

....

....

....

Titre : ....

Page : ....

“ ....

....

....

....

....

.... ”

Titre : ....

Page : ....

“ ....

....

....

....

....

.... ”

Titre : ....

Page : ....

“

....

....

....

....

....

.... ”

Titre : ....

Page : ....

“

....

....

....

....

....

.... ”

Titre : ....

Page : ....

“ ....

....

....

....

....

.... ”

Titre : ....

Page : ....

“ ....

....

....

....

....

.... ”

Mes avis de lectures

Titre :

Auteur.rice :

Genre / trope :

Émotions :

Niveau de spicy :

Format :

Mon avis :

Mes citations favorites :

Commencé le : / /

Terminé le : / /

Une musique pour ce livre :

☆☆☆☆☆

Titre : ....

Auteur.rice : ....

Genre / trope : ....

Émotions :

Niveau de spicy :

Format : ☐ ☐ ☐

Mon avis : ....

....

....

....

....

....

....

Mes citations favorites : ....

....

....

....

....

Commencé le : / / Terminé le : / /

Une musique pour ce livre : ....

....

☆☆☆☆☆

Titre : ……………………………………

Auteur.rice : ……………………………………

Genre / trope : ……………………………………

Émotions :

Niveau de spicy :

Format : ☐ ☐ ☐

Mon avis : ……………………………………

Mes citations favorites : ……………………………………

Commencé le : / /

Terminé le : / /

Une musique pour ce livre : ……………………………………

Titre :

Auteur.rice :

Genre / trope :

Émotions :

Niveau de spicy :

Format : ☐ ☐ ☐

Mon avis :

Mes citations favorites :

Commencé le : / /

Terminé le : / /

Une musique pour ce livre :

☆☆☆☆☆

Titre : ....

Auteur.rice : ....

Genre / trope : ....

Émotions :

Niveau de spicy :

Format : ☐ ☐ ☐

Mon avis : ....

....

....

....

....

....

....

Mes citations favorites : ....

....

....

....

....

Commencé le :   /   /   Terminé le :   /   /

Une musique pour ce livre : ....

....

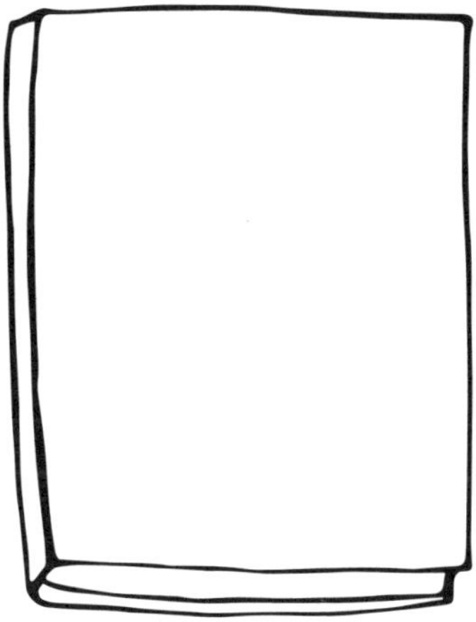

☆☆☆☆☆

Titre :

Auteur.rice :

Genre / trope :

Émotions :

Niveau de spicy :

Format : ☐ ☐ ☐

Mon avis :

Mes citations favorites :

Commencé le : / / Terminé le : / /

Une musique pour ce livre :

☆☆☆☆☆

Titre : ....

Auteur.rice : ....

Genre / trope : ....

Émotions :

Niveau de spicy :

Format : ☐ ☐ ☐

Mon avis : ....

....

....

....

....

....

....

Mes citations favorites : ....

....

....

....

....

Commencé le : / / Terminé le : / /

Une musique pour ce livre : ....

....

☆☆☆☆☆

Titre :

Auteur.rice :

Genre / trope :

Émotions :

Niveau de spicy :

Format : ☐ ☐ ☐

Mon avis :

Mes citations favorites :

Commencé le : / / Terminé le : / /

Une musique pour ce livre :

Titre :

Auteur.rice :

Genre / trope :

Émotions :

Niveau de spicy :

Format : ☐ ☐ ☐

Mon avis :

Mes citations favorites :

Commencé le : / /

Terminé le : / /

Une musique pour ce livre :

☆☆☆☆☆

Titre : ....

Auteur.rice : ....

Genre / trope : ....

Émotions :

Niveau de spicy :

Format : ☐ ☐ ☐

Mon avis : ....

....

....

....

....

....

....

Mes citations favorites : ....

....

....

....

....

Commencé le : / / Terminé le : / /

Une musique pour ce livre : ....

....

Titre :

Auteur.rice :

Genre / trope :

Émotions :

Niveau de spicy :

Format :

Mon avis :

Mes citations favorites :

Commencé le : / /

Terminé le : / /

Une musique pour ce livre :

Titre : ....

Auteur.rice : ....

Genre / trope : ....

Émotions :

Niveau de spicy :

Format :

Mon avis : ....

....

....

....

....

....

....

Mes citations favorites : ....

....

....

....

....

Commencé le : / /   Terminé le : / /

Une musique pour ce livre : ....

....

☆☆☆☆☆

Titre :

Auteur.rice :

Genre / trope :

Émotions :

Niveau de spicy :

Format : ☐ ☐ ☐

Mon avis :

Mes citations favorites :

Commencé le : / / Terminé le : / /

Une musique pour ce livre :

☆☆☆☆☆

Titre :

Auteur.rice :

Genre / trope :

Émotions :

Niveau de spicy :

Format : ☐ ☐ ☐

Mon avis :

Mes citations favorites :

Commencé le : / /   Terminé le : / /

Une musique pour ce livre :

☆☆☆☆☆

Titre : ....

Auteur.rice : ....

Genre / trope : ....

Émotions :

Niveau de spicy :

Format : ☐ ☐ ☐

Mon avis : ....

....

....

....

....

....

....

Mes citations favorites : ....

....

....

....

....

Commencé le : / / Terminé le : / /

Une musique pour ce livre : ....

....

☆☆☆☆☆

Titre : ....

Auteur.rice : ....

Genre / trope : ....

Émotions :

Niveau de spicy :

Format : ☐ ☐ ☐

Mon avis : ....

....

....

....

....

....

....

Mes citations favorites : ....

....

....

....

....

Commencé le : / /

Terminé le : / /

Une musique pour ce livre : ....

....

Titre : ....

Auteur.rice : ....

Genre / trope : ....

Émotions :

Niveau de spicy :

Format : ☐ ☐ ☐

Mon avis : ....

....

....

....

....

....

....

Mes citations favorites : ....

....

....

....

....

Commencé le : / / Terminé le : / /

Une musique pour ce livre : ....

....

Titre :

Auteur.rice :

Genre / trope :

Émotions :

Niveau de spicy :

Format :

Mon avis :

Mes citations favorites :

Commencé le : / /

Terminé le : / /

Une musique pour ce livre :

☆☆☆☆☆

Titre : ……………………………………

Auteur.rice : ……………………………………

Genre / trope : ……………………………………

Émotions :

Niveau de spicy :

Format : ☐ ☐ ☐

Mon avis : ……………………………………

……………………………………

……………………………………

……………………………………

……………………………………

……………………………………

……………………………………

Mes citations favorites : ……………………………………

……………………………………

……………………………………

……………………………………

……………………………………

Commencé le : / / Terminé le : / /

Une musique pour ce livre : ……………………………………

……………………………………

☆☆☆☆☆

Titre : ....

Auteur.rice : ....

Genre / trope : ....

Émotions :

Niveau de spicy :

Format : ☐ ☐ ☐

Mon avis : ....

....

....

....

....

....

....

Mes citations favorites : ....

....

....

....

....

Commencé le :   /   /   Terminé le :   /   /

Une musique pour ce livre : ....

....

☆☆☆☆☆

Titre :

Auteur.rice :

Genre / trope :

Émotions :

Niveau de spicy :

Format : ☐ ☐ ☐

Mon avis :

Mes citations favorites :

Commencé le : / /

Terminé le : / /

Une musique pour ce livre :

☆☆☆☆☆

Titre : ....

Auteur.rice : ....

Genre / trope : ....

Émotions :

Niveau de spicy :

Format : ☐ ☐ ☐

Mon avis : ....

....

....

....

....

....

....

Mes citations favorites : ....

....

....

....

....

Commencé le : / / Terminé le : / /

Une musique pour ce livre : ....

....

☆☆☆☆☆

Titre : ....

Auteur.rice : ....

Genre / trope : ....

Émotions :

Niveau de spicy :

Format : ☐ ☐ ☐

Mon avis : ....

....

....

....

....

....

....

Mes citations favorites : ....

....

....

....

....

Commencé le : / / Terminé le : / /

Une musique pour ce livre : ....

....

☆☆☆☆☆

Titre : ....

Auteur.rice : ....

Genre / trope : ....

Émotions :

Niveau de spicy :

Format : ☐ ☐ ☐

Mon avis : ....

....

....

....

....

....

....

Mes citations favorites : ....

....

....

....

....

Commencé le : / / Terminé le : / /

Une musique pour ce livre : ....

....

☆☆☆☆☆

Titre :

Auteur.rice :

Genre / trope :

Émotions :

Niveau de spicy :

Format : ☐ ☐ ☐

Mon avis :

Mes citations favorites :

Commencé le : / /

Terminé le : / /

Une musique pour ce livre :

☆☆☆☆☆

Titre :

Auteur.rice :

Genre / trope :

Émotions :

Niveau de spicy :

Format : ☐ ☐ ☐

Mon avis :

Mes citations favorites :

Commencé le : / /

Terminé le : / /

Une musique pour ce livre :

☆☆☆☆☆

Titre :

Auteur.rice :

Genre / trope :

Émotions :

Niveau de spicy :

Format : ☐ ☐ ☐

Mon avis :

Mes citations favorites :

Commencé le : / /   Terminé le : / /

Une musique pour ce livre :

☆☆☆☆☆

Titre : ....

Auteur.rice : ....

Genre / trope : ....

Émotions :

Niveau de spicy :

Format : ☐ ☐ ☐

Mon avis : ....

....

....

....

....

....

....

Mes citations favorites : ....

....

....

....

....

Commencé le : / / Terminé le : / /

Une musique pour ce livre : ....

....

☆☆☆☆☆

Titre : ....

Auteur.rice : ....

Genre / trope : ....

Émotions :

Niveau de spicy :

Format : ☐ ☐ ☐

Mon avis : ....

Mes citations favorites : ....

Commencé le : / / Terminé le : / /

Une musique pour ce livre : ....

☆☆☆☆☆

Titre : ....

Auteur.rice : ....

Genre / trope : ....

Émotions :

Niveau de spicy :

Format : ☐ ☐ ☐

Mon avis : ....

....

....

....

....

....

....

Mes citations favorites : ....

....

....

....

....

Commencé le : / / Terminé le : / /

Une musique pour ce livre : ....

....

Titre :

Auteur.rice :

Genre / trope :

Émotions :

Niveau de spicy :

Format :

Mon avis :

Mes citations favorites :

Commencé le : / /

Terminé le : / /

Une musique pour ce livre :

Titre :

Auteur.rice :

Genre / trope :

Émotions :

Niveau de spicy :

Format :

Mon avis :

Mes citations favorites :

Commencé le : / /

Terminé le : / /

Une musique pour ce livre :

☆☆☆☆☆

Titre :

Auteur.rice :

Genre / trope :

Émotions :

Niveau de spicy :

Format : ☐ ☐ ☐

Mon avis :

Mes citations favorites :

Commencé le : / /

Terminé le : / /

Une musique pour ce livre :

☆☆☆☆☆

Titre : ....

Auteur.rice : ....

Genre / trope : ....

Émotions :

Niveau de spicy :

Format : ☐ ☐ ☐

Mon avis : ....

Mes citations favorites : ....

Commencé le : / /

Terminé le : / /

Une musique pour ce livre : ....

☆☆☆☆☆

Titre : ....

Auteur.rice : ....

Genre / trope : ....

Émotions :

Niveau de spicy :

Format : ☐ ☐ ☐

Mon avis : ....

Mes citations favorites : ....

Commencé le : / / Terminé le : / /

Une musique pour ce livre : ....

☆☆☆☆☆

Titre : ....

Auteur.rice : ....

Genre / trope : ....

Émotions :

Niveau de spicy :

Format : ☐ ☐ ☐

Mon avis : ....

Mes citations favorites : ....

Commencé le : / / Terminé le : / /

Une musique pour ce livre : ....

☆☆☆☆☆

Titre :

Auteur.rice :

Genre / trope :

Émotions :

Niveau de spicy :

Format : ☐ ☐ ☐

Mon avis :

Mes citations favorites :

Commencé le : / /

Terminé le : / /

Une musique pour ce livre :

Titre :

Auteur.rice :

Genre / trope :

Émotions :

Niveau de spicy :

Format :

Mon avis :

Mes citations favorites :

Commencé le : / / Terminé le : / /

Une musique pour ce livre :

Titre :

Auteur.rice :

Genre / trope :

Émotions :

Niveau de spicy :

Format : ☐ ☐ ☐

Mon avis :

Mes citations favorites :

Commencé le : / / Terminé le : / /

Une musique pour ce livre :

Titre :

Auteur.rice :

Genre / trope :

Émotions :

Niveau de spicy :

Format :

Mon avis :

Mes citations favorites :

Commencé le : / /

Terminé le : / /

Une musique pour ce livre :

Titre :

Auteur.rice :

Genre / trope :

Émotions :

Niveau de spicy :

Format :

Mon avis :

Mes citations favorites :

Commencé le : / /

Terminé le : / /

Une musique pour ce livre :

☆☆☆☆☆

Titre :

Auteur.rice :

Genre / trope :

Émotions :

Niveau de spicy :

Format : ☐ ☐ ☐

Mon avis :

Mes citations favorites :

Commencé le : / / Terminé le : / /

Une musique pour ce livre :

☆☆☆☆☆

Titre : ....

Auteur.rice : ....

Genre / trope : ....

Émotions :

Niveau de spicy :

Format : ☐ ☐ ☐

Mon avis : ....

....

....

....

....

....

....

Mes citations favorites : ....

....

....

....

....

Commencé le : / / Terminé le : / /

Une musique pour ce livre : ....

....

Titre :

Auteur.rice :

Genre / trope :

Émotions :

Niveau de spicy :

Format :

Mon avis :

Mes citations favorites :

Commencé le : / / Terminé le : / /

Une musique pour ce livre :

☆☆☆☆☆

Titre : ....

Auteur.rice : ....

Genre / trope : ....

Émotions :

Niveau de spicy :

Format : ☐ ☐ ☐

Mon avis : ....

....

....

....

....

....

....

Mes citations favorites : ....

....

....

....

....

Commencé le : / / Terminé le : / /

Une musique pour ce livre : ....

....

☆☆☆☆☆

Titre :

Auteur.rice :

Genre / trope :

Émotions :

Niveau de spicy :

Format :

Mon avis :

Mes citations favorites :

Commencé le : / / Terminé le : / /

Une musique pour ce livre :

☆☆☆☆☆

Titre :

Auteur.rice :

Genre / trope :

Émotions :

Niveau de spicy :

Format : ☐ ☐ ☐

Mon avis :

Mes citations favorites :

Commencé le : / /

Terminé le : / /

Une musique pour ce livre :

Titre :

Auteur.rice :

Genre / trope :

Émotions :

Niveau de spicy :

Format :

Mon avis :

Mes citations favorites :

Commencé le : / /

Terminé le : / /

Une musique pour ce livre :

☆☆☆☆☆

Titre : ....

Auteur.rice : ....

Genre / trope : ....

Émotions :

Niveau de spicy :

Format : ☐ ☐ ☐

Mon avis : ....

....

....

....

....

....

....

Mes citations favorites : ....

....

....

....

....

Commencé le : / / Terminé le : / /

Une musique pour ce livre : ....

....

☆☆☆☆☆

Titre : ....

Auteur.rice : ....

Genre / trope : ....

Émotions :

Niveau de spicy :

Format : ☐ ☐ ☐

Mon avis : ....

....

....

....

....

....

....

Mes citations favorites : ....

....

....

....

....

Commencé le : / / Terminé le : / /

Une musique pour ce livre : ....

....

☆☆☆☆☆

Titre : ....

Auteur.rice : ....

Genre / trope : ....

Émotions :

Niveau de spicy :

Format : ☐ ☐ ☐

Mon avis : ....

....

....

....

....

....

....

Mes citations favorites : ....

....

....

....

....

Commencé le : / / Terminé le : / /

Une musique pour ce livre : ....

....

☆☆☆☆☆

Titre : ....

Auteur.rice : ....

Genre / trope : ....

Émotions :

Niveau de spicy :

Format : ☐ ☐ ☐

Mon avis : ....

....

....

....

....

....

....

Mes citations favorites : ....

....

....

....

....

Commencé le : / /

Terminé le : / /

Une musique pour ce livre : ....

....

☆☆☆☆☆

Titre : ....

Auteur.rice : ....

Genre / trope : ....

Émotions :

Niveau de spicy :

Format : ☐ ☐ ☐

Mon avis : ....

....

....

....

....

....

....

Mes citations favorites : ....

....

....

....

....

Commencé le : / / Terminé le : / /

Une musique pour ce livre : ....

....

☆☆☆☆☆

Titre :

Auteur.rice :

Genre / trope :

Émotions :

Niveau de spicy :

Format : ☐ ☐ ☐

Mon avis :

Mes citations favorites :

Commencé le : / /   Terminé le : / /

Une musique pour ce livre :

Titre :

Auteur.rice :

Genre / trope :

Émotions :

Niveau de spicy :

Format :

Mon avis :

Mes citations favorites :

Commencé le : / /

Terminé le : / /

Une musique pour ce livre :

Titre :

Auteur.rice :

Genre / trope :

Émotions :

Niveau de spicy :

Format :

Mon avis :

Mes citations favorites :

Commencé le : / /

Terminé le : / /

Une musique pour ce livre :

Titre :

Auteur.rice :

Genre / trope :

Émotions :

Niveau de spicy :

Format :

Mon avis :

Mes citations favorites :

Commencé le : / /

Terminé le : / /

Une musique pour ce livre :

Titre :

Auteur.rice :

Genre / trope :

Émotions :

Niveau de spicy :

Format :

Mon avis :

Mes citations favorites :

Commencé le : / /

Terminé le : / /

Une musique pour ce livre :

☆☆☆☆☆

Titre : ....

Auteur.rice : ....

Genre / trope : ....

Émotions :

Niveau de spicy :

Format : ☐ ☐ ☐

Mon avis : ....

....

....

....

....

....

....

Mes citations favorites : ....

....

....

....

....

Commencé le : / / Terminé le : / /

Une musique pour ce livre : ....

....

☆☆☆☆☆

Titre : ....

Auteur.rice : ....

Genre / trope : ....

Émotions :

Niveau de spicy :

Format : ☐ ☐ ☐

Mon avis : ....

....

....

....

....

....

....

Mes citations favorites : ....

....

....

....

....

Commencé le : / / Terminé le : / /

Une musique pour ce livre : ....

....

Titre :

Auteur.rice :

Genre / trope :

Émotions :

Niveau de spicy :

Format : ☐ ☐ ☐

Mon avis :

Mes citations favorites :

Commencé le :   /   /   Terminé le :   /   /

Une musique pour ce livre :

Titre :

Auteur.rice :

Genre / trope :

Émotions :

Niveau de spicy :

Format :

Mon avis :

Mes citations favorites :

Commencé le : / /

Terminé le : / /

Une musique pour ce livre :

☆☆☆☆☆

Titre :

Auteur.rice :

Genre / trope :

Émotions :

Niveau de spicy :

Format : ☐ ☐ ☐

Mon avis :

Mes citations favorites :

Commencé le : / / Terminé le : / /

Une musique pour ce livre :

Titre :

Auteur.rice :

Genre / trope :

Émotions :

Niveau de spicy :

Format : ☐ ☐ ☐

Mon avis :

Mes citations favorites :

Commencé le : / /

Terminé le : / /

Une musique pour ce livre :

☆☆☆☆☆

Titre :

Auteur.rice :

Genre / trope :

Émotions :

Niveau de spicy :

Format : ☐ ☐ ☐

Mon avis :

Mes citations favorites :

Commencé le : / /

Terminé le : / /

Une musique pour ce livre :

☆☆☆☆☆

Titre : ....

Auteur.rice : ....

Genre / trope : ....

Émotions :

Niveau de spicy :

Format : ☐ ☐ ☐

Mon avis : ....

....

....

....

....

....

....

Mes citations favorites : ....

....

....

....

....

Commencé le : / / Terminé le : / /

Une musique pour ce livre : ....

....

☆☆☆☆☆

Titre : ....

Auteur.rice : ....

Genre / trope : ....

Émotions :

Niveau de spicy :

Format : ☐ ☐ ☐

Mon avis : ....

....

....

....

....

....

....

Mes citations favorites : ....

....

....

....

....

Commencé le : / / Terminé le : / /

Une musique pour ce livre : ....

....

Titre : ....

Auteur.rice : ....

Genre / trope : ....

Émotions :

Niveau de spicy :

Format : ☐ ☐ ☐

Mon avis : ....

....

....

....

....

....

....

Mes citations favorites : ....

....

....

....

....

Commencé le : / / Terminé le : / /

Une musique pour ce livre : ....

....

☆☆☆☆☆

Titre :

Auteur.rice :

Genre / trope :

Émotions :

Niveau de spicy :

Format :

Mon avis :

Mes citations favorites :

Commencé le : / /

Terminé le : / /

Une musique pour ce livre :

☆☆☆☆☆

Titre : ....

Auteur.rice : ....

Genre / trope : ....

Émotions :

Niveau de spicy :

Format : ☐ ☐ ☐

Mon avis : ....

....

....

....

....

....

....

Mes citations favorites : ....

....

....

....

....

Commencé le : / / Terminé le : / /

Une musique pour ce livre : ....

....

Titre :

Auteur.rice :

Genre / trope :

Émotions :

Niveau de spicy :

Format : ☐ ☐ ☐

Mon avis :

Mes citations favorites :

Commencé le : / / Terminé le : / /

Une musique pour ce livre :

Titre :

Auteur.rice :

Genre / trope :

Émotions :

Niveau de spicy :

Format :

Mon avis :

Mes citations favorites :

Commencé le : / /

Terminé le : / /

Une musique pour ce livre :

☆☆☆☆☆

Titre : ....

Auteur.rice : ....

Genre / trope : ....

Émotions :

Niveau de spicy :

Format : ☐ ☐ ☐

Mon avis : ....

....

....

....

....

....

....

Mes citations favorites : ....

....

....

....

....

Commencé le : / / Terminé le : / /

Une musique pour ce livre : ....

....

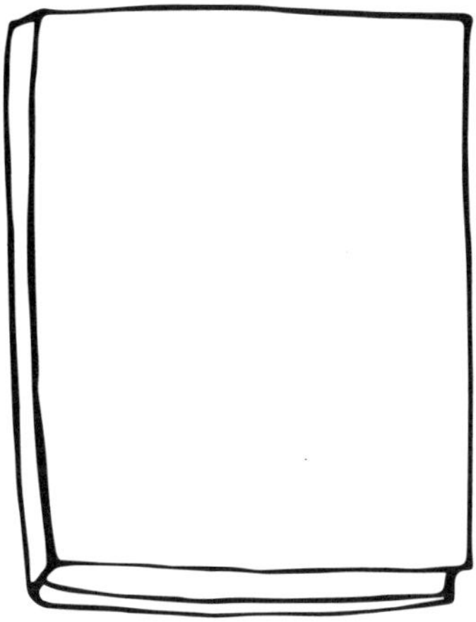

Titre :

Auteur.rice :

Genre / trope :

Émotions :

Niveau de spicy :

Format :

Mon avis :

Mes citations favorites :

Commencé le : / / Terminé le : / /

Une musique pour ce livre :

☆☆☆☆☆

Titre : ....

Auteur.rice : ....

Genre / trope : ....

Émotions :

Niveau de spicy :

Format : □ □ □

Mon avis : ....

Mes citations favorites : ....

Commencé le : / / Terminé le : / /

Une musique pour ce livre : ....

☆☆☆☆☆

Titre :

Auteur.rice :

Genre / trope :

Émotions :

Niveau de spicy :

Format : ☐ ☐ ☐

Mon avis :

Mes citations favorites :

Commencé le : / / Terminé le : / /

Une musique pour ce livre :

Titre :

Auteur.rice :

Genre / trope :

Émotions :

Niveau de spicy :

Format :

Mon avis :

Mes citations favorites :

Commencé le : / /

Terminé le : / /

Une musique pour ce livre :

Titre :

Auteur.rice :

Genre / trope :

Émotions :

Niveau de spicy :

Format :

Mon avis :

Mes citations favorites :

Commencé le : / /

Terminé le : / /

Une musique pour ce livre :

☆☆☆☆☆

Titre :

Auteur.rice :

Genre / trope :

Émotions :

Niveau de spicy :

Format : ☐ ☐ ☐

Mon avis :

Mes citations favorites :

Commencé le : / / Terminé le : / /

Une musique pour ce livre :

Titre : ....

Auteur.rice : ....

Genre / trope : ....

Émotions :

Niveau de spicy :

Format :

Mon avis : ....

....

....

....

....

....

....

Mes citations favorites : ....

....

....

....

....

Commencé le : / / Terminé le : / /

Une musique pour ce livre : ....

....

☆☆☆☆☆

Titre :

Auteur.rice :

Genre / trope :

Émotions :

Niveau de spicy :

Format : ☐ ☐ ☐

Mon avis :

Mes citations favorites :

Commencé le : / / Terminé le : / /

Une musique pour ce livre :

☆☆☆☆☆

Titre : ....

Auteur.rice : ....

Genre / trope : ....

Émotions :

Niveau de spicy :

Format : ☐ ☐ ☐

Mon avis : ....

....

....

....

....

....

....

Mes citations favorites : ....

....

....

....

....

Commencé le : / / Terminé le : / /

Une musique pour ce livre : ....

....

☆☆☆☆☆

Titre : ....

Auteur.rice : ....

Genre / trope : ....

Émotions :

Niveau de spicy :

Format : ☐ ☐ ☐

Mon avis : ....

....

....

....

....

....

....

Mes citations favorites : ....

....

....

....

....

Commencé le : / / Terminé le : / /

Une musique pour ce livre : ....

....

☆☆☆☆☆

Titre : ....

Auteur.rice : ....

Genre / trope : ....

Émotions :

Niveau de spicy :

Format : ☐ ☐ ☐

Mon avis : ....

Mes citations favorites : ....

Commencé le : / /

Terminé le : / /

Une musique pour ce livre : ....

☆☆☆☆☆

Titre : ....

Auteur.rice : ....

Genre / trope : ....

Émotions :

Niveau de spicy :

Format : ☐ ☐ ☐

Mon avis : ....

....

....

....

....

....

....

Mes citations favorites : ....

....

....

....

....

Commencé le : / / Terminé le : / /

Une musique pour ce livre : ....

....

☆☆☆☆☆

Titre : ....

Auteur.rice : ....

Genre / trope : ....

Émotions :

Niveau de spicy :

Format : ☐ ☐ ☐

Mon avis : ....

Mes citations favorites : ....

Commencé le : / / Terminé le : / /

Une musique pour ce livre : ....

Titre :

Auteur.rice :

Genre / trope :

Émotions :

Niveau de spicy :

Format :

Mon avis :

Mes citations favorites :

Commencé le : / /

Terminé le : / /

Une musique pour ce livre :

☆☆☆☆☆

Titre : ....

Auteur.rice : ....

Genre / trope : ....

Émotions :

Niveau de spicy :

Format : ☐ ☐ ☐

Mon avis : ....

....

....

....

....

....

....

Mes citations favorites : ....

....

....

....

....

Commencé le : / / Terminé le : / /

Une musique pour ce livre : ....

....

Titre :

Auteur.rice :

Genre / trope :

Émotions :

Niveau de spicy :

Format :

Mon avis :

Mes citations favorites :

Commencé le :   /   /

Terminé le :   /   /

Une musique pour ce livre :

Titre :

Auteur.rice :

Genre / trope :

Émotions :

Niveau de spicy :

Format :

Mon avis :

Mes citations favorites :

Commencé le : / /

Terminé le : / /

Une musique pour ce livre :

☆☆☆☆☆

Titre :

Auteur.rice :

Genre / trope :

Émotions :

Niveau de spicy :

Format : ☐ ☐ ☐

Mon avis :

Mes citations favorites :

Commencé le :   /   /   Terminé le :   /   /

Une musique pour ce livre :

☆☆☆☆☆

Titre :

Auteur.rice :

Genre / trope :

Émotions :

Niveau de spicy :

Format : ☐ ☐ ☐

Mon avis :

Mes citations favorites :

Commencé le : / /

Terminé le : / /

Une musique pour ce livre :

☆☆☆☆☆

Titre :

Auteur.rice :

Genre / trope :

Émotions : 

Niveau de spicy : 

Format : ☐  ☐  ☐ 

Mon avis :

Mes citations favorites :

Commencé le : / /

Terminé le : / /

Une musique pour ce livre :

☆☆☆☆☆

Titre : ....

Auteur.rice : ....

Genre / trope : ....

Émotions :

Niveau de spicy :

Format : ☐ ☐ ☐

Mon avis : ....

....

....

....

....

....

....

Mes citations favorites : ....

....

....

....

....

Commencé le : / / Terminé le : / /

Une musique pour ce livre : ....

....

☆☆☆☆☆

Titre :

Auteur.rice :

Genre / trope :

Émotions :

Niveau de spicy :

Format : ☐ ☐ ☐

Mon avis :

Mes citations favorites :

Commencé le : / /

Terminé le : / /

Une musique pour ce livre :

☆☆☆☆☆

Titre :

Auteur.rice :

Genre / trope :

Émotions :

Niveau de spicy :

Format : ☐ ☐ ☐

Mon avis :

Mes citations favorites :

Commencé le : / /

Terminé le : / /

Une musique pour ce livre :

☆ ☆ ☆ ☆ ☆

Titre : ....

Auteur.rice : ....

Genre / trope : ....

Émotions :

Niveau de spicy :

Format : ☐ ☐ ☐

Mon avis : ....

....

....

....

....

....

....

Mes citations favorites : ....

....

....

....

....

Commencé le :   /   /   Terminé le :   /   /

Une musique pour ce livre : ....

....

Titre :

Auteur.rice :

Genre / trope :

Émotions :

Niveau de spicy :

Format :

Mon avis :

Mes citations favorites :

Commencé le : / /   Terminé le : / /

Une musique pour ce livre :

Titre :

Auteur.rice :

Genre / trope :

Émotions :

Niveau de spicy :

Format : ☐ ☐ ☐

Mon avis :

Mes citations favorites :

Commencé le : / /   Terminé le : / /

Une musique pour ce livre :

☆☆☆☆☆

Titre :

Auteur.rice :

Genre / trope :

Émotions :

Niveau de spicy :

Format : ☐ ☐ ☐

Mon avis :

Mes citations favorites :

Commencé le : / /

Terminé le : / /

Une musique pour ce livre :

Ma pictothèque

Laisse parler ta créativité !

Donne vie à ce carnet grâce à ces pictos faciles à dessiner.

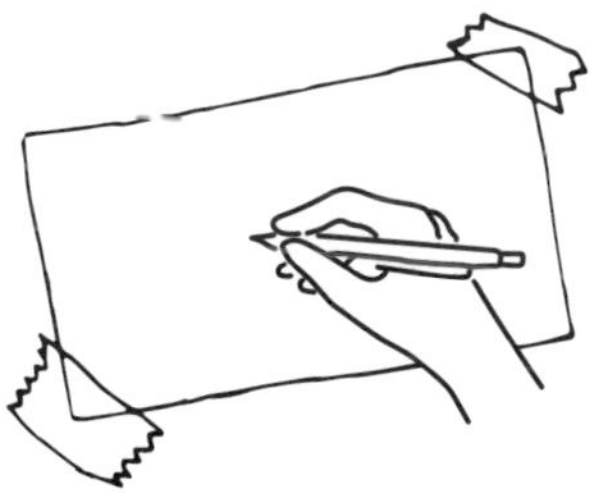

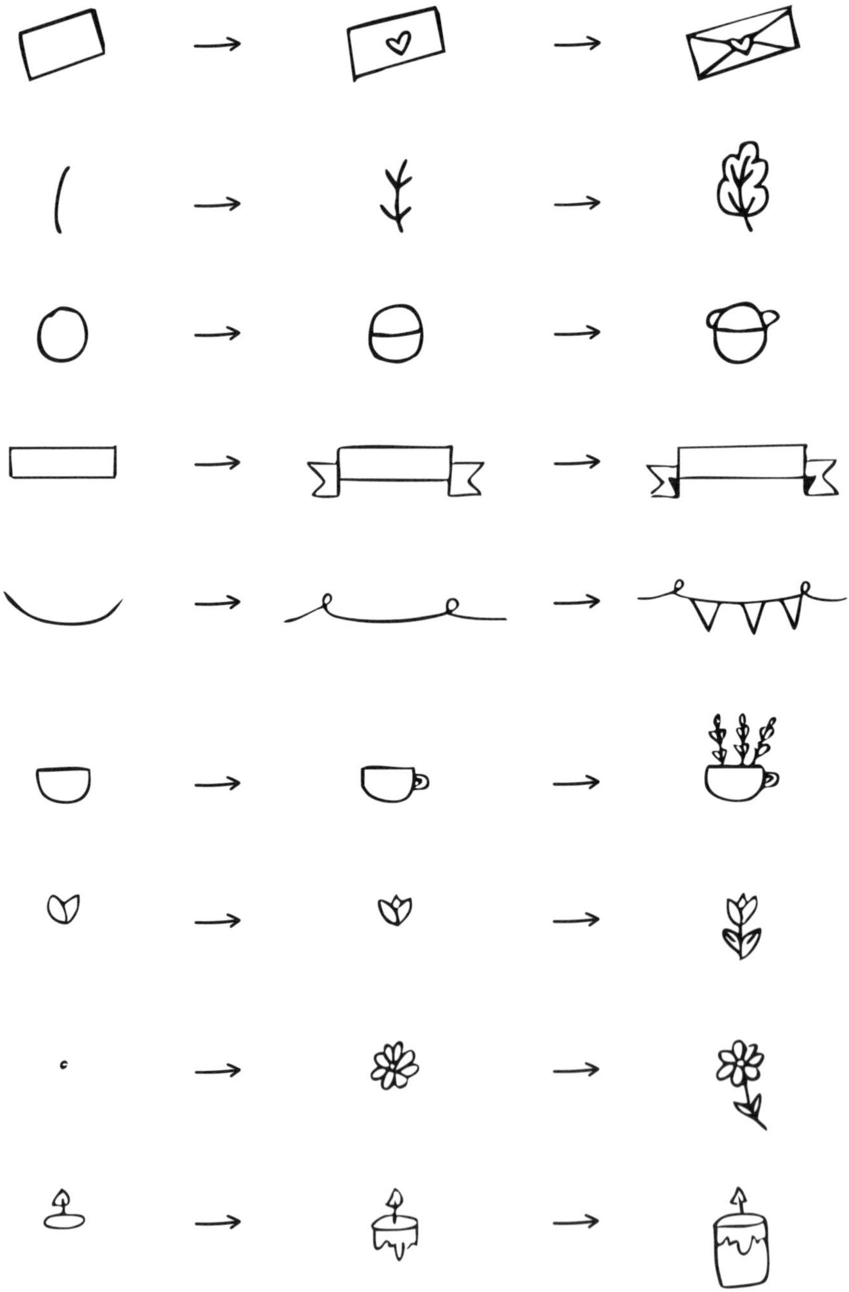

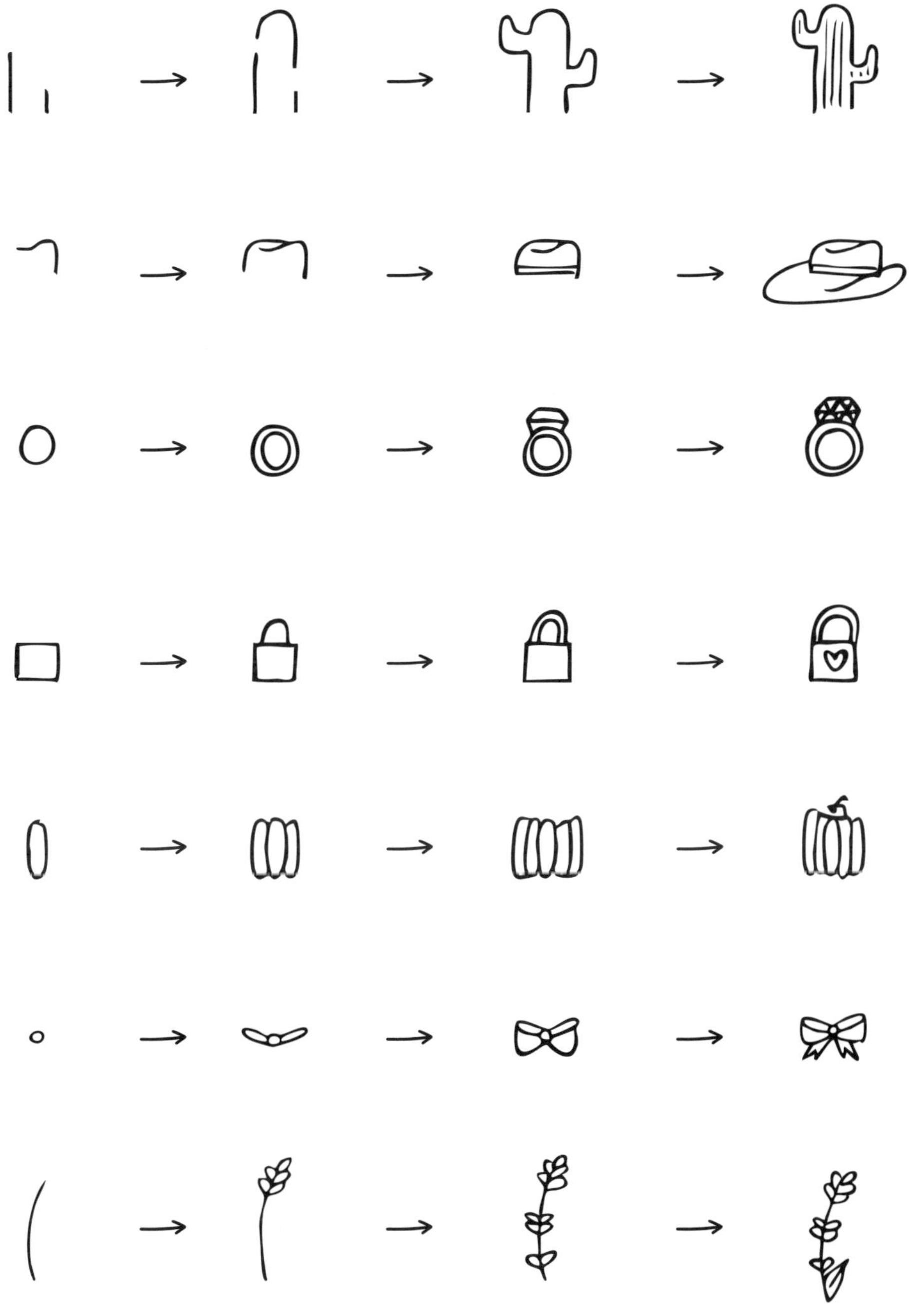

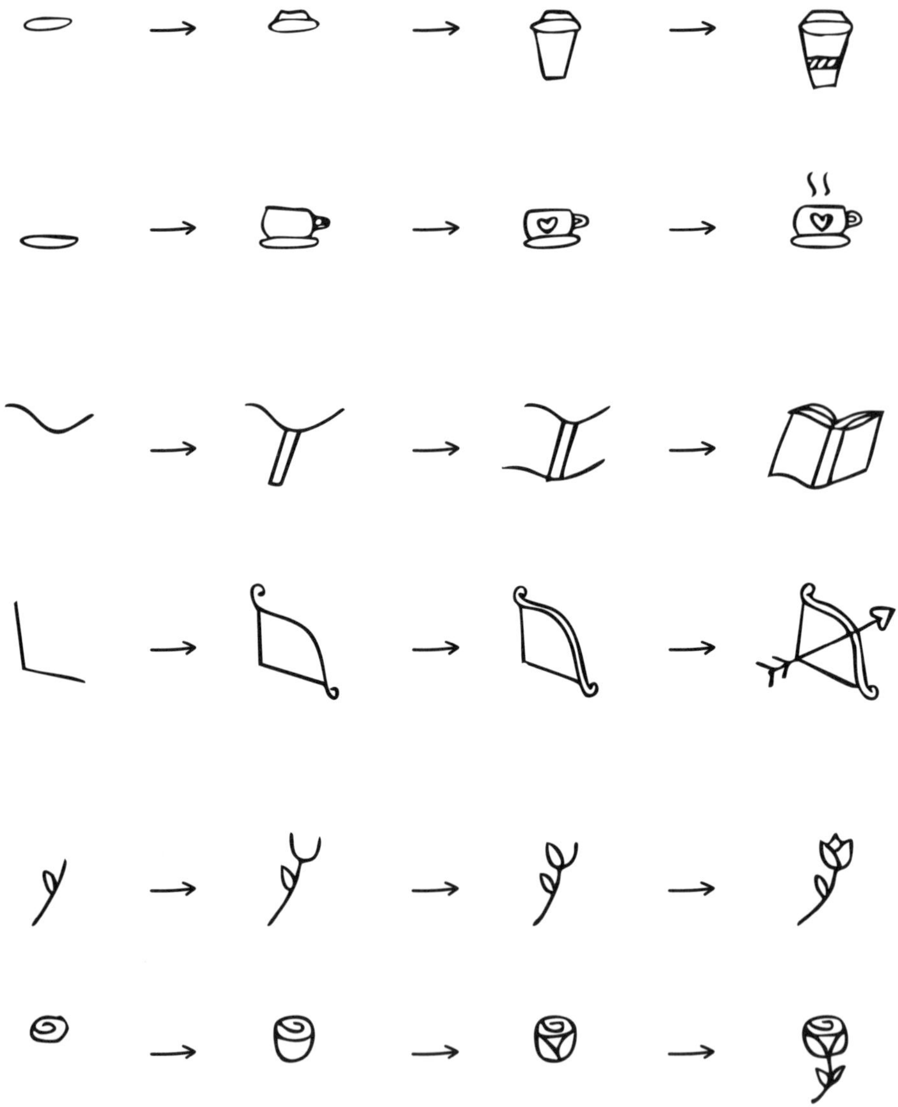

Direction de la publication : Isabelle Jeuge-Maynart et Ghislaine Stora

Direction éditoriale : Élodie Bourdon

Édition : Mélissa Lagrange

Illustrations : ©Shutterstock et Julia Myotte (p.154-156)

Conception de la couverture et mise en pages : Valentine Antenni

Fabrication : Donia Faiz / Marina Dartigues Plum

Les Éditions Larousse utilisent des papiers composés de fibres naturelles, renouvelables, recyclables et fabriquées à partir de bois issus de forêts qui adoptent un système d'aménagement durable. En outre, les Éditions Larousse attendent de leurs fournisseurs de papier qu'ils s'inscrivent dans une démarche de certification environnementale reconnue.

PAPIER CERTIFIÉ

LAROUSSE s'engage pour l'environnement en réduisant l'empreinte carbone de ses livres. Celle de cet exemplaire est de : 850 g éq. CO_2
Rendez-vous sur www.larousse-durable.fr

ISBN : 978-2-03-608247-2

Fabriqué et importé par Les Éditions Larousse
Imprimé en RPC par TPN
Dépôt légal : octobre 2025
339141/01 –11058195 – mai 2025